La Vérité,

ANTINÉMÉSIS.

Par Louis-François-Fortuné de Tholet.

PREMIÈRE LIVRAISON.

PARIS,

CHEZ L'AUTEUR, RUE S.-DOMINIQUE-S.-GERMAIN, Nº 98,
ET CHEZ DENTU, PALAIS-ROYAL, GALERIE D'ORLÉANS.

1831.

AVIS.

Ce journal poétique, étrange phénomène,
Paraît par livraison une fois la semaine.
Le prix d'abonnement est, pour les douze mois,
Quarante francs ; pour six, vingt francs ; dix francs pour trois.
On vend au prix d'un franc chacun des exemplaires ;
Ayez soin d'affranchir vos plis épistolaires.
Pour sauver tout retard, on s'abonne au bureau
Dont l'adresse est au bas de chaque numéro.

(Némésis, 9e Satire.)

Pour que mes souscripteurs du fisc soient seuls victimes,
A chaque livraison, pour le prix du transport,
Départements, banlieue ajoutent dix centimes.
Les lettres et l'argent m'arrivent francs de port.

(Eugène DESMARE.)

ON SOUSCRIT AUSSI :

GALERIE DE L'ODÉON, Nº 6, ET PASSAGE DU SAUMON, Nº 30.

C.

LA RÉPUBLIQUE

A la Némésis.

Némésis, qu'à long bruit ton bras précipité
Fouette de tes serpents les chefs de la cité.
Ils trembleront... Le fiel que ta dent noire exprime...
Sur la rouille des tems blasonnera leur crime.
Rachète notre honneur que l'on crie à l'encan
Et vos trois jours qu'on donne au collier du carcan...
Venge-nous... j'applaudis... Mais quand ta voix parjure
Jette au front de mon Dieu ta sacrilège injure ;
Mais quand des murs croulants de Germain-l'Auxerrois,
Tu fais le marchepied de l'échafaud des rois (1) ;
Mais quand la liberté sur l'arbre que tu plantes

(1) L'exil d'un roi déchu n'est pas ce qu'il nous faut,
Quand on descend du trône on doit monter plus haut.
                    (*Némésis*, Exil des Bourbons.)

Met le vieux bonnet rouge et tes listes sanglantes ;
Mais quand du vil bourreau, poète officiel,
Tu veux gorger de sang cette fille du Ciel...
Malgré moi de mon cœur part le cri de vengeance...
Je voudrais sous mon pied écraser ton engeance,
Je voudrais... mais pourquoi mon hésitation ?
C'est une muse aussi que l'indignation.

A toi, les premiers cris de ma muse indignée ;
Ma muse... elle veilloit à l'oubli résignée :
De mon luth inconnu le dernier son mourant
Sous des couches de fleurs s'exhalait en courant :
Un baiser, un soupir, la rose d'une joue,
L'ambre d'un satin tiède, un papillon qui joue,
J'étais tout là... mon chant était plus faible encor :
Un souffle aurait brisé l'aîle de son accord :
Il mourait dans l'écho de deux bouches amies,
Et s'il n'eut point d'encens il n'eut point d'infamies.
Le tien, de l'avenir secouant le linceul,
De fange et de lauriers déjà se vêtit seul.

Dès long-tems, je le sais, ta jeunesse rebelle
A l'encan des ligueurs se vendit noble et belle ;
Et dès-lors l'imposant à la publicité
Tu mis aux carrefours son impudicité.
Aujourd'hui comme alors, d'huile et de fard luisante,
Tu donnes et tu vends ton étreinte cuisante...
Et l'enfant enivré de ton cri de plaisir
Se vautre tout gonflé de crime et de désir...

Et tu veux commander ! et tu répands l'injure !
Et déjà par ton nom la république jure !
Et pourtant l'an dernier quand tous trompaient encor
Chez des entreteneurs tu célas un accord...
Depuis... le grand soleil et de nouveaux oracles,
De tes maîtres passés ont trahi les miracles,
Le peuple a souffleté leur idole... et soudain
Ta bouche à leurs repas a soufflé le dédain.
Il est vrai, Némésis, à peine en ton assiette
Ils ont laissé tomber une honteuse miette (1) !...

Si leurs prodigues mains, dépouillant les vaincus,
Pour ta part, t'avaient mise à trois cent mille écus...
Dans ton hôtel doré, du fond de ton carosse,
Des gardes citoyens sanctifiant la crosse,
Alors tu te rirais du peuple souverain
Dont la faim hurlerait à ta porte d'airain...
Et le crieur public, quel honteux parallèle !
Vendrait ton chant du Sacre et ton Siège à Villèle.

(1) Alors on me jeta comme un don clandestin
Quelques miettes, débris d'un splendide festin ;
Je sortis... On m'a dit depuis qu'à cette table
On saupoudre les mets d'un poison délectable,
Que d'un perfide suc le vin est mélangé ;
Je n'en ressentis rien... j'avais trop peu mangé.

(*Némésis*, 2ᵉ livraison.)

1*

Mais de ton faible lot tu n'as pu t'arranger ;
Et tandis qu'en chapon s'arrondit Béranger...
Toi tu cours... sans pudeur étalant ta livrée ;
Aux baisers du forum tu t'es encor livrée.
Transfuge à son retour et drapeau qui se vend,
Cette fois au combat tu marches en avant...
Mais le peuple te craint comme on craint l'incendie ;
Ce peuple que sans cesse on trafique et mondie
Comme le pain du jour et la tête d'un roi ,
Maintenant il est sourd au cri de ton beffroi...
Le triangle de fer dont tu le fais arbitre (1)
Dans son contrat d'hier vient d'effacer ton titre...
Et ton hideux blasphème et ton hymne des morts
Sur ses pavés menteurs font surgir ses remords.
Oui ses remords... Entends ce peuple qu'on égare
Contre la borne assis déjà te crier... Gare...
Douze mois d'infamie ouvrent enfin ses yeux ;
Celui qui les proscrit peut rappeler ses dieux !
Ainsi que toi quinze ans il vit la comédie ;
Trois jours... il se crut libre... à cette heure il mendie.

(1)   Vos yeux verront
Descendre nos faubourgs , le bonnet rouge au front :
La terreur confiée à des mains jamais lasses ,
Le triangle de fer (guillotine) promené sur nos places...
. . . .
Et l'huissier aux bras nus qu'aujourd'hui vous bravez
Vous montrera le juge assis sur des pavés.

Pauvre peuple, on te voit au tombeau du martyr
Mêler tes pleurs amis aux pleurs du repentir.
Pour la première fois, un an de ton histoire
Dira : Rien... pas de pain ;... pas même un peu de gloire.

Puisse notre infortune éclairer Némésis !
Le commerce et les arts dans leurs germes saisis
Vainement à la mort disputent leur souffrance,
Déjà leur agonie épouvante la France....
Pauvre France !... Flétrie en ta fécondité,
Dans ta pourpre en lambeaux cache ta nudité....
Mais la fièvre à grand feu calcine ses entrailles
Et bientôt va gémir l'airain des funérailles....
Némésis a hurlé le glas de tous les rois....
Mais le vent de juillet a renié sa voix....
Ce vent réparateur se couve sous la pierre
Où Némésis huma l'esprit de Robespierre....
Ce bon de Robespierre !... il a trop peu vécu !...
Némesis viendra vieille.... et tout sera vaincu....

Elle a dit.... Mais croit-elle impudente furie
De son fouet affamé cacher la pénurie ?
Hargneuse, elle peut bien par des cris menaçants
Contre une vieille croix ameuter des passants....
Mais elle gouverner !.... Elle reine du monde....
Elle.... la Némésis.... Plutôt la lépre immonde,
Sous son aile rongeuse abriter l'univers....
Plutôt tous nos partis, dans leurs fléaux divers,

Prendre le feu, le fer, et se manger la vie,
Que le hideux festin auquel on nous convie.   •
Mais ce festin n'est point un cauchemar de fous....
Prêtres de Némésis, le siècle croit en vous (1)....
Pourtant si quelque jour vous régniez par la rage,
Qui de vous sur nos corps labourant un passage,
Pourrrait pardessus tous lever un front géant,
Et, Dieu soldat, surgir tout armé du néant.
La république et vous êtes bien loin sans doute,
Mais Vincennes vous peut couver dans ses redoutes.
Un seul coup de poignard..., un seul.... et le canon
Sur le front de Paris intime votre nom.
Mais alors que Paris tienne bien fort son glaive.
.... De l'ouest au midi notre soleil se lève;
Sa chaleur couve aussi des fronts, jeunes volcans....
L'Armorique à ses feux réchauffe ses vieux camps.
A l'écho du Poitou répond l'écho du Maine....
S'il le fallait.... Bientôt ils auraient leur semaine.
Les tambourins du Var peuvent donner le pas;
Ta Marseille a son peuple et Bordeaux ne dort pas.
Mais pourquoi réveiller de sinistres présages ?
L'épis et le poison tous deux ont leurs usages....

(1) Elle reparaîtra la terrible assemblée,
Dont après quarante ans notre tête est troublée...
Colosse qui, sans peur, marche d'un pas puissant,
Le front dans la tempête, et les pieds dans le sang.
                                   (BARTHELEMY. *Némésis.*)

Tous deux servons à Dieu, Némésis ; malgré nous,
Chaque jour devant lui fléchissons les genoux....
Il est dans nos malheurs une vertu divine....
Le pouvoir n'en veut point.... Le peuple la devine.
Malgré ton prisme impur et ta vapeur de fiel,
Le soleil pour nous tous n'est qu'un œil dans le ciel.
Mais toi, tu n'avais point ton ironie amère,
Quand ton souris parlait à l'âme de ta mère,
Les mains jointes, les yeux brillant d'un doux espoir,
Tu priais le matin et tu priais le soir.
Avant qu'elle hurlât au seuil des gémonies,
On entendit ta voix dans nos cérémonies....
Ton génie empruntant l'aile du Séraphin,
Fut sur l'autel Rhémois chanter l'hymne sans fin.
Alors tu croyais donc à son ampoule sainte,
Au temple dont un nom seul emplissait l'enceinte.
Tu croyais en ton roi, tu jurais.... O pitié !
Avant le chant du coq tout était renié....
La haine maintenant, maintenant le blasphème !...

Mais qu'un autre pour toi médite l'anathème,
Si demain je régnais.... Oubliant ton affront,
Mon bras comme un bouclier veillerait sur ton front.
Et mon tems peut venir.... Et peut-être la foule
Demain encensera l'idole qu'elle foule....
Barthelémi, crois-moi ; laissons-là nos couleurs,
Et Français tous les deux pleurons à nos malheurs.

Tes malheurs et les miens, hélas ! sont mêmes choses.
Plus de gloire pour nous ; aux fêtes plus de roses.
Vois le peuple, il s'en va comme un enfant battu....
Viens, suivons-le... Dis-lui : Peuple, à qui penses-tu?
Toi gai, depuis un an tu n'as plus que des larmes ;
En songeant à demain, toi riche, tu t'alarmes.
Réponds-nous, maintenant point d'indiscrets témoins.
Peuple, à qui penses-tu? Peuple, qu'as-tu de moins?
Le peuple te regarde et rit à ta demande....
Veux-tu qu'obéissant à ta voix qui commande,
Je dresse devant lui ton triangle de fer?
Hélas ! son cœur pieux frémit au nom d'enfer....
Mais la mort, mais le sang, mais la tête qui tombe,
C'est plus hideux encor.... Au lieu d'une hécatombe,
Emportant avec moi ma patrie et mes dieux,
Faut-il sur le bûcher lui faire mes adieux?....
Frère, ce n'est point là sa volonté dernière!!
Sans fureur à ses yeux montre aussi ma bannière....
Je le sais ; dès long-temps tu promis sans détours
Ma tête à ton licteur et mon corps aux vautours.
Je te suis un carliste, un impur, moins qu'un homme ;
Frère, de quelque nom que ton mépris me nomme,
Si je suis des vivants, quand le Sauveur viendra,
Alors ma voix de paix jusqu'à toi s'entendra.
Je te dirai : Mon frère, ai-je tenu parole?
Vois, sous notre étendard la liberté s'enrôle :
Sa main forte a brisé le sabre et l'encensoir,

A son banquet d'élus avec moi viens t'asseoir ;
Barthelémi, crois-en ce peuple qui m'écoute.
Ce bon peuple à ma voix réjoui dans sa route,
S'arrête, et près de moi déchargeant son impôt,
Il se dit : Nous aurons encor la poule au pot.

ÉTINCELLES DE VÉTITÉ.

Sur le discours prononcé à la Chambre des députés,

LE 23 JUILLET.

Quand le discours du roi très citoyen
De dix francs qu'il coûtait enfin ne valut rien,
Un mien ami, curieux de me plaire,
M'en vint obligeamment donner un exemplaire.
J'admirais avec lui nos exploits, nos traités ;
C'est le roi qui les dit !... que le doute s'écarte
Ce sont encor des vérités
Mais à la façon de la Charte...   **

Sur la nomination des maréchaux Lobeau et Clausel.

Charles dix l'an dernier disait : De par le roi
   Pour y rentrer, nous sortons de la loi ;
Charles dix le disait... il perdit sa couronne....
   Philippe hier en sort pour en sortir...
   Quitte, après tout, à n'en plus départir !...
Allons... payons encore et que Dieu lui pardonne...
                  **

La Guerre.

I

La guerre... d'Orléans vient d'armer ses deux fils :
Vont-ils jeter le gant ou répondre aux défis ?
Quand la paix à tout prix ne dort que sur sa lance,
Quel Brennus de son fer surcharge la balance ?
Est-ce un peuple opprimé ?.. Mais on n'intervient pas !...
C'est un roi... c'est Cobourg... Et la Pologne ? Hélas !
                  **

PARIS. — IMPRIMERIE DE BÉTHUNE.

www.ingramcontent.com/pod-product-compliance
Lightning Source LLC
Chambersburg PA
CBHW061446170626
46811CB00005B/2387